世界はうつくしいと

長田 弘

みすず書房

世界はうつくしいと　目次

窓のある物語　6
机のまえの時間　9
なくてはならないもの　12
世界はうつくしいと　16
人生の午後のある日　19
みんな、どこへいったか　22
大いなる、小さなものについて　26
フリードリヒの一枚の絵　29
二〇〇四年冬の、或る午後　32
シェーカー・ロッキング・チェア　36
あるアメリカの建築家の肖像　39
ゆっくりと老いてゆく　42
カシコイモノヨ、教えてください　46
モーツァルトを聴きながら　49

聴くという一つの動詞 52
蔵書を整理する 56
大丈夫、とスピノザは言う 59
We must love one another or die 62
クロッカスの季節 66
一日の静、百年の忙 69
人の一日に必要なもの 72
こういう人がいた 76
冬の夜の藍の空 79
早春、カササギの国で 82
花たちと話す方法 86
雪の季節が近づくと 89
グレン・グールドの9分32秒 92
あとがき 97

詩集　世界はうつくしいと

窓のある物語

窓の話をしよう。
一日は、窓にはじまる。
窓には、その日の表情がある。
晴れた日には、窓は
日の光を一杯に湛えて、
きらきら微笑しているようだ。
曇った日には、日の暮れるまで、

窓は俯いたきり、一言も発しない。
雨が降りつづく日には、窓は
雨の滴を、涙の滴のように垂らす。
ことばが信じられない日は、
窓を開ける。それから、
外にむかって、静かに息をととのえ、
齢《とし》の数だけ、深呼吸をする。
ゆっくり、まじないをかけるように。
そうして、目を閉じる。
十二数えて、目を開ける。すると、
すべてが、みずみずしく変わっている。
目の前にあるものが、とても新鮮だ。
初めてのものを見るように、

近くのものを、しっかりと見る。
ロベリアの鉢植えや、
体をまるめて眠っている老いた猫。
深煎りのコーヒーのいい匂いがする。
児孫《じそん》のために美田を買うな。
暮らしに栄誉はいらない。
空の見える窓があればいい。
その窓をおおきく開けて、そうして
ひたぶるに、こころを虚しくできるなら、
それでいいのである。

机のまえの時間

机の話をしよう。
縦九十センチ、横百四十センチ、
厚さ二・五センチの、大きな板一枚。
右と左、二つの脚立に、板をのせ、
机にする。木の香りがのこっているが、
飾りも、何もない。引き出しもない。
その机のまえで一日一日を過ごし、

気づいてふと、目をあげると、
すでに、四半世紀が過ぎている。
そして、何もなかったはずの
机の上には、すべてのものが載っている。
十本の鉛筆。百枚の紙。
朱筆と消しゴム。大辞林。字統。
ブラームスの三つのピアノ三重奏曲。
「いえ、まだそのような人は来ませぬ」
夜の旅人に、物語の老女がそっとこたえる、
赤い函入りの白井喬二訳『南総里見八犬伝』を、
初めて手にしたのは、いつのことだったか。
記憶ではない。忘却が、机の上に載っている。
見えないものが載っている机には、

時の埃のように、
語られなかったことばが転がっている。
たとえば、地に腐ってゆく果物のように、
存在というのは、とても静かなものだと思う。
人は、誰も生きない、
このように生きたかったというふうには。
どう生きようと、このように生きた。
誰だろうと、そうとしか言えないのだ。
机の上に、草の花を置く。その花の色に、
やがて夕暮れの色がゆっくりとかさなってゆく。

なくてはならないもの

なくてはならないものの話をしよう。
なくてはならないものなんてない。
いつもずっと、そう思ってきた。
所有できるものはいつか失われる。
なくてはならないものは、けっして
所有することのできないものだけなのだと。
日々の悦びをつくるのは、所有ではない。

草。水。土。雨。日の光。猫。
石。蛙。ユリ。空の青さ。道の遠く。
何一つ、わたしのものはない。
空気の澄みきった日の、午後の静けさ。
川面の輝き。葉の繁り。樹影。
夕方の雲。鳥の影。夕星《ゆうずつ》の瞬き。
特別なものなんてない。大切にしたい
（ありふれた）ものがあるだけだ。
素晴らしいものは、誰のものでもないものだ。
真夜中を過ぎて、昨日の続きの本を読む。
「風と砂塵のほかは、何も残らない」
砂漠の歴史の書には、そう記されている。
「すべて人の子はただ死ぬためにのみ

この世に生まれる。
人はこちらの扉から入って、
あちらの扉から出てゆく。
人の呼吸の数は運命によって数えられている」
この世に在ることは、切ないのだ。
そうであればこそ、戦争を求めるものは、
なによりも日々の穏やかさを恐れる。
平和とは（平凡きわまりない）一日のことだ。
本を閉じて、目を瞑《つむ》る。
おやすみなさい。すると、
暗闇が音のない音楽のようにやってくる。

括弧内・フェルドウスィー『王書』（岡田恵美子訳）より

世界はうつくしいと

うつくしいものの話をしよう。
いつからだろう。ふと気がつくと、
うつくしいということばを、ためらわず
口にすることを、誰もしなくなった。
そうしてわたしたちの会話は貧しくなった。
うつくしいものをうつくしいと言おう。
風の匂いはうつくしいと。渓谷の

石を伝わってゆく流れはうつくしいと。
午後の草に落ちている雲の影はうつくしいと。
遠くの低い山並みの静けさはうつくしいと。
きらめく川辺の光はうつくしいと。
おおきな樹のある街の通りはうつくしいと。
行き交いの、なにげない挨拶はうつくしいと。
花々があって、奥行きのある路地はうつくしいと。
雨の日の、家々の屋根の色はうつくしいと。
太い枝を空いっぱいにひろげる
晩秋の古寺の、大銀杏《おおいちょう》はうつくしいと。
冬がくるまえの、曇り日の、
南天の、小さな朱い実はうつくしいと。
コムラサキの、実のむらさきはうつくしいと。

過ぎてゆく季節はうつくしいと。
さらりと老いてゆく人の姿はうつくしいと。
一体、ニュースとよばれる日々の破片が、
わたしたちの歴史と言うようなものだろうか。
あざやかな毎日こそ、わたしたちの価値だ。
うつくしいものをうつくしいと言おう。
幼い猫とあそぶ一刻はうつくしいと。
シュロの枝を燃やして、灰にして、撒く。
何ひとつ永遠なんてなく、いつか
すべて塵にかえるのだから、世界はうつくしいと。

人生の午後のある日

話のための話はよそう。
それより黙っていよう。
最初に、静けさを集めるのだ。
それから、テーブルの上に、
花と、焼酎を置く。氷を詰めた
切子ガラスに、透明な焼酎を滴らし、
目の高さにかかげて、

日の光を称え、すこしずつ
溶けてゆく氷の音に耳を澄ます。
そうやって、失くしたことばを探す。
フリードリヒ・グルダのバッハを聴く。
じっと俯いているようなバッハ。
求めるべきは、鋭さではないのか。
グルダのバッハには激しさが欠けている。
そう思っていた。そうではなかった。
グルダのバッハには何か大切なものがある。
激情でなく、抑制が。憤りでなく、
目には見えないものへの感謝が。
わたしたちは、何ほどの者なのか。
感謝することを忘れてしまった存在なのか。

おおきく息を吐いて、目を閉じる。
どこへもゆけず、何もできずとも、
ただ、透明に、一日を充たして過ごす。
木を見る。
空の遠くを見つめる。
焼酎を啜り、平均律クラヴィーア曲集を聴く。
世界はわたしたちのものではない。
あなたのものでもなければ、他の
誰かのものでもない。バッハのねがった
よい一日以上のものを、わたしはのぞまない。

みんな、どこへいったか

日に閃きながら、谿川の水が流れ去ってゆく。
雑木林がいっせいに泡立つように芽ぶく
山間の、九十九折《つづら》りの道を、
車で走る。山の斜面にかさなって
淡い緑と濃い緑のあいだにひろがった
木漏れ日の灰色の敷物が、とてもきれいだ。
窓外の木立のむこうに、隠れているのは、

少年の日の、遠い友人たちだ。
誰よりも速くフィールドを走りぬけて
記録をのこした少年は、卒業すると、
あっさり競技をやめた。そうして
誰よりも速く人生を駆けぬけて、逝った。
いつも謎めいた微笑を浮かべていた
呉服屋の少女も、逝った。
頬をゆがめるような微笑のほかは
後に、何ものこさなかった。
たくましい腕の少女も、逝った。
豪球を投げたソフトボールの投手だ。
夏の校庭に長くのびていた、
夕陽を背にした少女の影をまだ覚えている。

先生になった少年は、生涯、
人生の選択を間違えたと思っていた。
学校にこない子どもたちのために奔走し、
或る日、倒れて、卒然と逝った。
三カ月後には、たぶんこの世にいない。
告知をうけた。幸運は期待できないらしい。
そう書いてきたかつての少年も、逝った。
けれども、誰も、いなくなったのではない。
みんな、ここにいる。大声で、わらっている。
若葉なす雑木林の、まぼろしのなかで。

大いなる、小さなものについて

替えがたいものの話をしよう。
それは、たとえば、引き出しの奥にある、
百年前の木でつくった一本の鉛筆のようなものだ。
古い木箱の薬箱のなかにある、
魂に効くとかいう、苦い散薬のようなものだ。
あるいは、箪笥のなかにある、
ひそやかな、懐かしい時間のようなものだ。

数えきれないCDの棚にひそんでいる、
千の旋律、千の悲哀、千の思い出のようなものだ。
マルティヌーの「ダブル・コンチェルト」や、
メシアンの「鳥のカタログ」のような。
それから、ことばだ。それも、
どうしても、ことばにならないことばだ。
そして、思いだそうとしても、思いだせない、
しかし、もう一ど、確かめたいと思うことばだ。
替えがたいものは、幸福のようなものだ。
世界はいつも、どこかで、
途方もない戦争をしている。
幸福は、途方もないものではない。
どれほど不完全なものにすぎなくとも、

人の感受性にとっての、大いなるものは、
すぐ目の前にある小さなもの、小さな存在だと思う。
幸福は、窓の外にもある。樹の下にもある。
小さな庭にもある。ゼラニウム。
ペンタス。ユーリオプシス・デージー。
インパチェンス。フロックス・ドラモンディ。
目の前に咲きこぼれる、あざやかな
花々の名を、どれだけ知っているだろう？
何を知っているだろう？　何のたくらむところなく、
日々をうつくしくしているものらについて。

フリードリヒの一枚の絵

一人の女が窓から外を見ている。
後ろ姿しかわからないが、
女は、窓辺に立って、
ずっと遠くを、じっと見つめている。
窓の向こうに広がるのは、おおきな河だ。
すぐそこに、帆を下ろした
帆船のまっすぐなマストが見える。

河の向こう岸には、
高いポプラの林が一列になって、
黄いろい葉をそよがせてつづいている。
日の光がとてもやわらかで、
川面をわたってゆく風が見えるようだ。
おおきく開いた頭上の窓の先は、
白い雲のながれてゆく青く霞んだ空だ。
高くなれば高くなるほど澄んでゆく空だ。
パスカルの、忘れられないことばを思いだす。
人間の不幸というのは——部屋の中に
じっと静かにしていることができないという、
ただ一つのことから生じるのだと。
一人の女が窓から外を見ている。

何を見ているのか?
遠くを見つめる目で、女は
じぶんの心の奥を見つめている。
よく生きるには——パスカルはこうも言った。
よく澄んだ眼をもつことができなければならないと。
一枚の古い絵の複製を、部屋の壁に鋲で留めて、
この世のずっと遠くを見たくなったら、
その小さな絵をじっと見つめる。
カスパー・ダーヴィド・フリードリヒの、
「窓辺の女」(一八二二年)を。

二〇〇四年冬の、或る午後

フラ・アンジェリコの受胎告知を、
初めて見たのは、小さな複製でだった。
ベックリーンの、マグダラのマリアもそうだ。
黒と白だけで、色彩はなかった。
それでもじゅうぶんだった。
色彩なしで、なお、瑞々しい、
はっとするような構図の、うつくしさ。

クールベの、荒れた海辺の光景の
うつくしさを知ったのも、色彩なしだった。
オキーフの、ニュー・メキシコの空と山々も
そうだ。わたしは頑なに信じているが、
モノクロームの、世界のすがたは、
どんな色彩あふれる世界よりも、
ずっと、ほんとうの世界に近いのだ。
たとえば、アンセル・アダムズの
冬の森の、風景。黒と白だけの、写真。
どうして、色彩なしの、写真は、
事実の、無言の真実にみちているのか？
二〇〇四年冬の、或る午後、
赤門のある大学の、暗い総合研究博物館で、

「石の記憶」という展示を見た。
一人の地質学者が、岩石鉱床資料室に遺した、
広島と長崎で、被爆試料として集めた
掌ほどの、小さな岩石や瓦のかけら。——
爆心下で、粉々に、砕け散った、
石片の一つ一つに、閃光の白い痕と、
焦げた黒い影が、のこっていたが、
どの石の記憶にも、色彩はなかった。
世界を、過剰な色彩で覆ってはいけないのだ。
沈黙を、過剰な言葉で覆ってはいけないように。

シェーカー・ロッキング・チェア

そこに置かれているというだけで、
一日の時間をうつくしくするものがある。
その、ロッキング・チェアが、そうだった。
すっきりとして、椅子の背が高く、
シートテープの織物の色がやわらかな、
たぶんカエデの木でつくられた揺り椅子だ。
シェーカー・ロッキング・チェア。

アメリカが若く信じられた国だったころ、
シェーカーとよばれた人たちが拵えた揺り椅子だ。
自由とは、新しい生活様式をつくりだすことだ。
シェーカーの人たちは、おどろくほど直截に生きた。
すべて、じぶんたちの手でまかなって生き、
労働を信じ、働くことが祈りだと信じた。
そして休息日には、ロッキング・チェアを愛した。
些細なところまで考えぬいてつくられた
おどろくほど頑丈な椅子を。それでいて、
おどろくほど軽やかな椅子を。
飾りのない、それでいて、
とても繊細な椅子を。
——手は仕事に。心は神に。

われらの神はすまう、
われらの日々を活かす道具のなかに。
祝福がありますように。
いま、ここをきちんと生きた人たちだった。
シェーカーとよばれた人たちは、いまはもういない。
けれども、古いロッキング・チェアのように、
この世にシェーカーの人たちが遺していったものは、
そこに置かれているというだけで、
一日の時間をうつくしくするものだった。
人生の冠は無なのだ。贅言ではなかった。

あるアメリカの建築家の肖像

家は、永遠ではない。
火のなかに、失われる家がある。
雨に朽ちて、壊れて、いつか
時のなかに、失われてゆく家がある。
けれども、人びとの心の目には
家の記憶は、鮮明に、はっきりとのこる。
フランク・ロイド・ライトという

アメリカの建築家のことばを覚えている。
家は、低く、そして小さな家がいい。
水平な家がいい。地平線のなかに
隠れてしまうような家がいい。
大地を抱えこんでいるような家がいい。
大方《たいほう》は隅《ぐう》なし。
大いなる方形に四隅《よすみ》なし。
連続する空間が新しく感じられる家がいい。
風景こそ、すべてだ。
風景という、驚くべき
本の中の本。体験だけが、
唯一、真の読書であるような本。
そのような美しい本であるような家。

そうして、明るい日の光の下で、
影という影が、淡いすみれ色に変わる家。
フランク・ロイド・ライトは戦争を憎んだ。
戦争はけっして何も解決しない、
世界をただ無茶苦茶にするだけだ、と。
建築家が愛したのは、地球の文法であり、
すべての恐竜たちが滅びさった、
風のほかは、何もない大草原であり、
石灰岩の丘であり、サグアロ・サボテンと
花のほかは、何もない砂漠だった。

大方は隅なし。……（老子）

ゆっくりと老いてゆく

微かな風もない。
鳥の影も、翅《はね》の音もない。
雲一つない青い空が
どこまでもひろがって、
見わたすかぎりの
砂の色、岩山の色を、
日の光が、微妙に揺らしている。

砂漠というのは、光の拡散なのだ。
灰緑色のクレオソート・ブッシュ。
刺のある花束のようなオコティーヨ。
砂の木であるメスキートの木。
どこにも、動く影がない。
けれども、見はるかす遠くまで、
澄みとおった大気のなかに、
点々と、何百本もの、
巨大なサグアロ・サボテンが、
天を仰いで、静かに、立っている。
もうすでに、この場所で、
二百年は生きてきた。それでも、
緑の巨人たちは、倒れる日まで、

この、無の、明るさのなかに
立ちつづけて、ゆっくりと老いてゆく。
悦ばしい存在というのがあるなら、
北米南西部、アリゾナの砂漠の、
サグアロ・サボテンは、そうだと思う。
穏やかに、称えられることなく、
みずから生きとおす、ということ。
砂漠にカタストロフィはない。
摂理があるだけだ。
砂漠で孤独なのは、人間だけだ。

カシコイモノヨ、教えてください

——冒険とは、
一日一日と、日を静かに過ごすことだ。
誰かがそう言ったのだ。
プラハのカフカだったと思う。
人はそれぞれの場所にいて、
それぞれに、世に知られない
一人の冒険家のように生きねばならないと。

けれども、一日一日が冒険なら、
人の一生の、途方もない冒険には、
いったいどれだけ、じぶんを支えられる
ことばがあれば、足りるだろう？
夜、覆刻ギュツラフ訳聖書を開き、
ヨアンネスノ　タヨリ　ヨロコビを読む。
北ドイツ生まれの、宣教の人ギュツラフが、
日本人の、三人の遭難漂流民の助けを借りて、
遠くシンガポールで、うつくしい木版で刷った
いちばん古い、日本語で書かれた聖書。
ハジマリニ　カシコイモノゴザル。
コノカシコイモノ　ゴクラクトモニゴザル。
コノカシコイモノワゴクラク。

コノカシコイモノとは、ことばだ。
ゴクラクが、神だ。福音がわたしたちに
もたらすものは、タヨリ　ヨロコビである。
今日、ひつようなのは、一日一日の、
静かな冒険のためのことば、祈ることばだ。
ヒトノナカニ　イノチアル、
コノイノチワ　ニンゲンノヒカリ。
コノヒカリワ　クラサノナカニカガヤク。
だから、カシコイモノヨ、教えてください。
どうやって祈るかを、ゴクラクをもたないものに。

ギュツラフ訳聖書（一八三七年）は覆刻「約翰福音之傳」による

モーツァルトを聴きながら

住むと習慣は、おなじ言葉をもっている。
住む（inhabit）とは、
日々を過ごすこと。日々を過ごすとは
習慣（habit）を生きること。
目ざめて、窓を開ける。南の空を眺める。
空の色に一日の天候のさきゆきを見る。
真新しい朝のインクの匂いがしなくなってから、

新聞に真実の匂いがなくなった。真実とは
世界のぬきさしならない切実さのことだ。
朝はクレイジー・サラダをじぶんでつくる。
ぱりッと音のする新鮮な野菜をちぎって、
オリーヴ・オイルを振る。そして、
削りおろしたチーズを細かくふりかける。
時間にしばられることはのぞまないが、
オートマティックの腕時計が好きだ。
正直だからだ。身体を動かさなければ、
時は停まってしまう。ひとの一日を
確かにするものは、ささやかなものだ。
それは、たとえば、晴れた日の
正午の光の、明るい澄んだ静けさであり、

こころ渇く午後の、一杯のおいしい水であり、
日暮れて、ゆっくりと濃くなってゆく闇である。
ゆたかさは、過剰とはちがう。パソコンを
インターネットに繫ぎ、モーツァルトを
二十四時響かせているイタリアのラジオに繫ぐ。
「闘いながら超絶すること、これが現代の
私たちが求めていることではなかったろうか？」
吉田秀和の、懐かしい言葉が胸に浮かぶ。
音楽は、無にはじまって、無に終わる。
いま、ここ、という時の充溢だけをのこして。

聴くという一つの動詞

ある日、早春の、雨のむこうに、
真っ白に咲きこぼれる
コブシの花々を目にした。
そして、早春の、雨のむこうに、
真っ白に咲きこぼれる
コブシの花々の声を聴いた。
見ることは、聴くことである。

コブシの花の季節がくると、
海を見にゆきたくなる。
何もない浜辺で、
何もしない時間を手に、
遠くから走ってくる波を眺める。
そして、何もない浜辺で、
何もしない時間を手に、
波の光がはこぶ海の声を聴く。
眺めることは、聴くことである。
聴く、という一つの動詞が、
もしかしたら、人の
人生のすべてなのではないのだろうか？
木の家に住むことは、聴くことである。

窓を開けることは、聴くことである。
街を歩くことは、聴くことである。
考えることは、聴くことである。
聴くことは、愛することである。
夜、古い物語の本を読む。
——私の考えでは、神さまと
自然とは一つのものでございます。
読むことは、本にのこされた
沈黙を聴くことである。
無闇なことばは、人を幸福にしない。

古い物語の本（ドストエフスキー『悪霊』）

蔵書を整理する

日々にあって、難しいこと。
――本を始末すること。
本は、本であって、本でない。
誰もそう言わないが、本は、
あるときは歳月であり、記憶であり、
遺失物であり、約束であり、
読まれずじまいになった言葉が、

そのままずっと、そこにある場所であり、
それは、日々の重荷のように、
重い家具として、ここにあって、
人生とおなじだ。すこしも整理できない。
古い市街のように、曲がってゆく
脇道ばかりで、本の世界は、出口がない。
もし、アルファベット順に辿るなら、
Bで、すぐにも、迷路に入り込んでしまう。
ボズウェルがいて、ベケットがいて、
ボードレールがいて、ベンヤミンがいて、
ブレヒトや、バーベリや、ブーニンもいて、
ベルジャーエフを忘れてしまっていいだろうか、
大きなバルザックはいない、図書館にいて、

芭蕉がいて、遠くの川辺に、蕪村もいて、
気がつくと、いつか、夕暮れがきている。
夕暮れという、鎮まる時間が好きだ。
束の間の、その時間のすきまから、
音もなく、影と、沈黙が滴ってくる。
日々にあって、難しいこと。
——希望を始末すること。
誰もそう言わないが、本は、
希望の産物なのだ。
風の夜には、遠い星々が近くなる。
北斗七星を確かめる。夜が深くなってゆく。

大丈夫、とスピノザは言う

三つの、川と、
四囲をかこむ、丘と、
白煙がうすくながれる
活火山の、裾野の町で、
風景の子どもとして、
いつも空を見上げる人間に、
わたしは、育った。

朝、正午、日の暮れ、
一人で、黙って、空を見上げる。
——何が、見えるの？
——何も、見えない。

ちがう。空を見上げると、
とてもきれいな、ひろがりが見える。
いや、見えるのではない。感じる。
スピノザについての小さな本を、
午後中、ずっと、読んでいた。
世界が存在するのは誰のためでもない
と、スピノザは言う。
大事なのは、空の下に在るという
ひらかれた感覚なのでないか。

空の下に在る

小さな存在として、
いま、ここに在る、ということ。
真夜中は、窓から、空を見上げる。
夜空は人の感情を無垢なものにする。
雲のない夜は、星を数える。
雨の夜は、無くしたものを数える。
大丈夫、とスピノザは言う。
失うものは何もない。
守るものなどはじめから何もない。

スピノザについての小さな本（「スピノザの世界」上野修）

We must love one another or die

愛しあわなければ、
わたしたちは死ぬしかない。
白い紙にそう刻んだのは、
詩人のＷ・Ｈ・オーデンだった。
だが、間違いだった、と詩人は言った。
本当は、こう書くべきだった。
わたしたちはたがいに愛しあい、

そして死ぬしかない、と。
わたしたちは、みな、
死すべき存在なのだから。
それでも不正確だ、と詩人は言った。
不正確というより不誠実だ、と。
たぶん、そうだと思う。
わたしたちは、そのように
愛について、また、死について、
糺すように、書くべきでない。
晩秋深夜、W・H・オーデンを読む。
詩人の仕事とは、何だろう?
無残なことばをつつしむ仕事、
沈黙を、ことばでゆびさす仕事だ。

人生は受容であって、戦いではない。
戦うだとか、最前線だとか、
戦争のことばで、語ることはよそう。
たとえ愚かにしか、生きられなくても、
愚かな賢者のように、生きようと思わない。
We must love one another or die.
わたしたちは、
愚か者として生きるべきである。
賢い愚か者として生きるべきである。
明窓半月、本を置いて眠る。

クロッカスの季節

去ってゆく冬の後ろ姿が
遠くに見えるような
雲ひとつない空だ。
時間が、淡く
薄青色にひろがっている。
赤いマフラーを
首に巻いた女の子が、

まだ床に足のとどかない
カフェの高い椅子にすわって、
コーンアイスクリームを舐めている。
花の店が舗道に、花の鉢を置いている。
クロッカスの季節がきたのだ。
花の色がとても清潔なのは、
まだ風が冷たいからだ。
突風がきて、乱暴な少年のように、
スーパーマーケットの駐輪場の
自転車という自転車を、一度に薙ぎ倒した。
どんな出来事も、すべては突然に起きる。
苦いエスプレッソを、
わたしはゆっくりと啜る。

通りの向こうにのこっている
古くからの寺の本堂の、
静かな屋根瓦がうつくしい。
境内には、大銀杏《おおいちょう》が、四本のこっている。
百年の樹の、若い枝々の先に、
やわらかな煙のように、
春の予感がたゆたっている。
どれほど痛恨にみちていても、
人の負う人生は、
早春の穏やかな一日におよばないのだ。

一日の静、百年の忙

目の前の景色が、ふっと逸れてゆく。
逸れていっても、逸れたことに
気づかない。しばらくして、
やっと気づいて、見まわすが、
見まわしても、何もない。
静かにささやく声だけだ。
音もなく、裂け目がひらき、

時間の、隙間のなかへ、入り込む。
ねむる、明るい闇のなかで。
目覚めても、逸れていった感触が、
ずっと、体のなかにのこっている。
川の光が、きれいだった。
さざなみが川面を走っていった。
夏の木の、葉のかさなりが、
水のなかに、深い影を落としていた。
白い鳥と、小さな鳥の群れがいた。
いっせいに、飛び立った。
彼方に、消えた。
独坐　隻語無く
方寸　微光を認む

春日《しゅんじつ》静座、漱石先生の、
独りの詩を、慕わしく思いだす。
人間　徒らに多事
此の境《きょう》　孰《たれ》か忘る可《べ》けん
午睡《ごすい》という習慣の魔法がくれる、
午睡の後の、穏やかな時間。
会《たま》たま一日の静を得て
正に百年の忙を知る
何が必要か。ことばだ。遠くまで
大気が澄んでゆくような、ことばだ。

漱石「春日静座」（吉川幸次郎『漱石詩注』より）

人の一日に必要なもの

どうしても思いだせない。
確かにわかっていて、はっきりと
感じられていて、思いだせない。
思いだせないのは、どうしても
ことばでは言えないためだ。
細部まで覚えている。
感触までよみがえってくる。

ことばで言えなければ、
ないのではない。
それはそこにある。
ちゃんとわかっている。
だが、それが何か
そこがどこか言うことができない。
言うことのできないおおくのもので
できているのが、人の
人生という小さな時間なのだと思う。
思いだすことのできない空白を
埋めているものは、
たとえば、
静かな夏の昼下がり、

日の光のなかに降ってくる
黄金の埃のようにうつくしいもの。
音のない音楽のように、
手に摑むことのできないもの。
けれども、あざやかに感覚されるもの。
あるいは、澄んだ夜空の
アンタレスのように、確かなもの。
人の一日に必要なものは、
意義であって、
意味ではない。

こういう人がいた

誰でもない人がいた。
いつでもない日に、
どこでもない場所で、
何も書かれていない本を
黙って、読んでいた。
見つめねばならないものを
見つめねばならないときは、

黙って、目を閉じ、
話すことのできないことは、
話すことのできないことばで、
黙って、話した。
表現じゃない。
ことばは認識なんだ。
誰でもない人の
無言のことばを、
どこにもいない人が、
じっと聴いていた。
誰でもない人は、
姿のない人のように、
誰にも気づかれず、

ここにはいない人のように、
黙って、ここにいた。
感情じゃない。
ことばは態度なんだ。
わたしたちのあいだには
いつも、どこかに、
沈黙からデリカシーを
抽きだす人がいた。
誰でもない人がいた。
いまは、いない。

冬の夜の藍の空

夜の空がどこまでもひろがっていた。
風がすべてを掃いていったように、
おどろくほど清潔な冬の空だ。
立ちどまって、見上げると、
遠くまで、明るい闇が、
水面のように澄みきって、
月の光が、煌々と、

うつくしい沈黙のように、
夜半の街につづく
家々の屋根をかがやかせ、
そのまま、そこに
立ちつくしていると、
空を見上げているのに、
その空を覗きこんでいるような、
感覚に浸される。こんなにも
おおきく、こんなにも晴れ渡った、
雲ひとつない、夜の藍の空。
空いっぱいの、空虚が、
あたかも、静かな充溢のようだ。
空が、最初にこの世につくったのは、

闇と、夜だ。その二つが結ばれて、
昼が生まれた。わたしたちは何者か。
月下の存在である。それが
わたしたちの唯一のアイデンティティーだ。
橙色のアルデバランが、
オリオン座のベテルギウスが、
シリウスが、瞬きながら、言う。——
明るさに、人は簡単に目を塞がれる。
夜の暗さを見つめられるようになるには、
明るさの外に身を置かなければならない、と。

早春、カササギの国で

春の日、ソウル、鞍山《アンサン》の、
冬を耐えた枝々の先に
三月の灰青色の空がひろがる
小楢の明るい木立をぬけて、
急な斜面の山の道を上ってゆくと、
目の前を、鳥の影が、横切った。
胸とお腹の白い黒い鳥だ。カササギだ。

チョギョと、カササギが鋭く鳴いた。
チョギョと、呼びかけられたような気がした。
韓国《ハングク》は、カササギの国である。
ソウルは、カササギのいる街である。
ソウルの森は、カササギの棲む森である。
見まわすと、早春の空に、
うつくしい指をひらいているような
小楢の木々の枝先の、そこにもあそこにも、
カササギの巣が、猫のゆりかごのように、
うつくしいシルエットをつくっていた。
鞍山《アンサン》は標高三百メートルにみたない山だ。
だが、その頂からは、樹と石と河が見える。
カササギのいる街の、すべてが見える。

カササギは、伝説をはこぶ鳥だ。
天の川で、たがいに隔てられた星たちを、
ふたたび巡りあわせる鳥なのだ。
けれども、このカササギの国は、未だ
たがいに隔てられた人たちの国なのである。
オットケ　チネッソ？　（どうしてた？）
チャル　チネッソ？　（元気だった？）
春の日、ソウル、鞍山《アンサン》の、
カササギに教わった日々のことば。
たがいに隔てられた人たちの国のことば。

花たちと話す方法

沸きたつ白い雲がひろがる
真夏の、真昼の静けさのなかに、
明るい魂のように、陽炎がゆれている。
そのとき、タチアオイに話しかけられた。
それが最初で、次の日は、
ジギタリスに話しかけられた。
その翌日には槿《むくげ》に、翌々日には

泰山木に、百日紅《さるすべり》に、話しかけられた。
少女たちのような日々草にも。
そのまた次の日には、サルビアに、
夾竹桃に、グラジオラスに話しかけられた。
炎天下に、そのたびに、立ちどまって、
夏の花たちの前で、黙って見つめた。
見る。ただそれだけだ。
花を見ることは、花たちと話すことだった。
そのようにして、花たちと話す方法を、
年々、夏の花たちに、
わたしは、教わってきた。
徒らにことばで語ってはいけないのだ。
花たちのように、みずからの

在り方によって語るのだ。
夏が巡りくるたびに、
真昼の静けさのなかを歩き、
語りかけてくる夏の花たちを捜す。
タチアオイ。ジギタリス。槿。
泰山木。百日紅。日々草。
サルビア。夾竹桃。グラジオラス。
花たちではないだろうか。
人ではない。わたしたちが
歴史とよんできた風景の主人公は。

雪の季節が近づくと

そのころは、よく雪がふった。
雪がふってくると、最初に、
空が消えてしまう。それから、
影が、物音が消えてゆく。
鳥たちが消え、樹木たちが消え、
往来が消えて、一日が
ふりつづける雪のむこうに、

きれいに消え去ってゆくようだった。
あらゆるものが消え去って、
朝には、世界がなくなっているかもしれない。
ふりしきる雪のなかに、もし
ずっと立ちつくすと、それきり、
じぶんもいなくなってしまうという気がした。
雪がふってくると、
すぐそこに、彼方があらわれる。
雪のふりつづく日に、
雪の向こう側へいってしまったら、
途をうしなってしまう。
もう、大雪はふらなくなった。
雪けぶる夜の、冬の幽霊たちもいなくなった。

それでも、雪の季節が近づくと、
すぐそこの彼方へ静かに消えていった、
いつのまにかいなくなった人たちのことを、
ありありと思いだす。
生きているときは遠かった人たちも、
死の知らせを聞くと、
どうしてか近しく、懐かしく思われる。
そうなのだ。もっとも遠い距離こそが、
人と人とをもっとも近づけるのだ。
いま穏やかな冬の日差しのなかで思い知ること。

グレン・グールドの9分32秒

白と黒の鍵盤で縁どられた
31センチ四方の紙のジャケットから
黒いＬＰレコードをとりだして、
魂をとりだしてそこに置くように
小さなプレイヤーのターンテーブルの上に置く。
グレン・グールドが自身ピアノの曲にした
ワーグナー「ニュルンベルクのマイスタージンガー」

第一幕への前奏曲。その曲だけは、
いまでも、レコードで聴く。
最後の一枚です、と手書きで添書きされて、
いまはないレコードショップの棚に、
棚仕舞いの日まで置かれていたレコードだった。
針がレコードに落ちるまでの、
ほんの一瞬の、途方もなく永い時間。
ワーグナーのおそろしく濃密なポリフォニーから
すばらしく楽しい対位法を抽きだして、
響きあうピアノのことばにして、
グールドが遺した
9分32秒の小さな永遠。
芸術は完成を目的とするものではないと思う。

微塵のように飛び散って、
きらめきのように
沈黙を充たすものだと思う。
あらゆる時間は過ぎ去るけれども、
グールドの9分32秒は過ぎ去らない。
聴くたびに、いま初めて聴く曲のように聴く。
いつもチョウムチョロム（初めてのように）という
韓国のソジュ（焼酎）を啜りながら、聴く。
一日をきれいに生きられたらいいのだ。
人生は、音楽の時間のようだと思う。

『世界はうつくしいと』二十七篇は、季刊雑誌『住む』(二〇〇二年春創刊号〜〇八年春第二十五号)に、Made in Poetryとして連載された二十五篇に、おなじ時期に発表された二篇(「あるアメリカの建築家の肖像」エクスナレッジ刊「フランク・ロイド・ライトのルーツ」二〇〇五年一月、「ゆっくりと老いてゆく」ミッドナイト・プレス二〇〇五年二十七号)をくわえ、掲載順のままに収めた。上梓にあたり、詩のいくつかのタイトルをあらため、手を入れ、決定稿とした。

あとがき

目に見えるどんな風景も、その風景のなかに、ここから消えていった人の、目に見えない記憶をつつみもっている。目に見えるものが目に見えないものに変わる消滅点、ヴァニシング・ポイントというものを、風景はきっとみずからのなかにひそめている。

けれども、草花の咲きみだれる道で、また、星ふる夜の空の下で、思わず魅せられて立ちどまるようなとき、日々をうつくしくしているありふれた光景が、この世のあるべき様《よう》への信頼を人知れず深くしていることに、いつも明るいおどろきを覚える。

もうここにいなくなったものの存在をすぐ間近に感じるのは、そのようなときだ。それは、見えない消滅点をまたいで、姿を消し去ったものが後にのこしてゆくものが、この世界の、そのような何気ないうつくしさだからなのだと思う。

『世界はうつくしいと』は、そう言っていいなら、寛《くつろ》ぎのときのための詩集である。寛ぎは、試みの安らぎであるとともに、「倫理的な力」ももっている。「寛ぎとはありとあらゆるヒロイズムを進んで失うこと」（ロラン・バルト）であるからだ。

『世界はうつくしいと』の二十七篇の詩は、二〇〇二年から、季節が一つめぐってくる毎に一つずつ、目の前の風景のなかにひそむ消滅点を一つずつ、じぶんの指で確かめるようにして書き継がれた。

Made in Poetry というタイトルの下で、これらの詩を書きつづけるように勧め、励まされた（連載はまだつづいている）季刊『住む』の編集長の山田きみえさんと発行人の伊藤宏子さんのこころざしに深く感謝する。

『世界はうつくしいと』を、（カスパー・ダーヴィド・フリードリヒの）一羽のミミズクの棲む一冊の詩集にしてくれたのは、みすず書房の尾方邦雄さんである。ミミズクのような目をもつことができたらというのが、変わらないわたしの夢だ。

（二〇〇九年春彼岸）

著者略歴

（おさだ・ひろし）

詩人．1939年福島市に生まれる．1963年早稲田大学第一文学部卒業．1965年詩集『われら新鮮な旅人』（definitive edition みすず書房）でデビュー．毎日出版文化賞（1982），桑原武夫学芸賞（98），講談社出版文化賞（2000），詩歌文学館賞（09），三好達治賞（10），毎日芸術賞（14）などを受賞．詩集『深呼吸の必要』（晶文社），『世界はうつくしいと』『奇跡―ミラクル―』『最後の詩集』『誰も気づかなかった』（以上，みすず書房），『幸いなるかな本を読む人』（毎日新聞社），詩画集『詩ふたつ』（クレヨンハウス）など．エッセー『定本　私の二十世紀書店』『アメリカの心の歌』『幼年の色，人生の色』（以上，みすず書房），『詩は友人を数える方法』（講談社文芸文庫），『記憶のつくり方』（晶文社／朝日文庫），『読むことは旅をすること―私の20世紀読書紀行』（平凡社），『なつかしい時間』（岩波新書），『本に語らせよ』（幻戯書房），『小さな本の大きな世界』（クレヨンハウス）など．物語エッセー『ねこに未来はない』（角川文庫）．絵本『森の絵本』『最初の質問』『幼い子は微笑む』（以上，講談社）など．最初の詩集から50年間18冊の詩集471篇の詩を収めた『長田弘全詩集』（みすず書房）を2015年に刊行．2015年5月3日永眠．

長田　弘
詩集
世界はうつくしいと

2009年4月24日　第1刷発行
2021年1月18日　第15刷発行

発行所 株式会社 みすず書房
〒113-0033 東京都文京区本郷2丁目20-7
電話 03-3814-0131（営業）03-3815-9181（編集）
www.msz.co.jp

本文印刷所 精興社
扉・表紙・カバー印刷所 リヒトプランニング
製本所 松岳社

Printed in Japan
ISBN 978-4-622-07466-3
［せかいはうつくしいと］